Pour ma maman
qui a inventé cette histoire

ISBN 978-2-211-03758-7

Loi numéro 49 956 du 16 juillet 1949 sur les publications
destinées à la jeunesse : mars 1996
Dépôt légal : mars 2007
Imprimé en France par Aubin Imprimeur à Poitiers

Anne Wilsdorf

M'toto

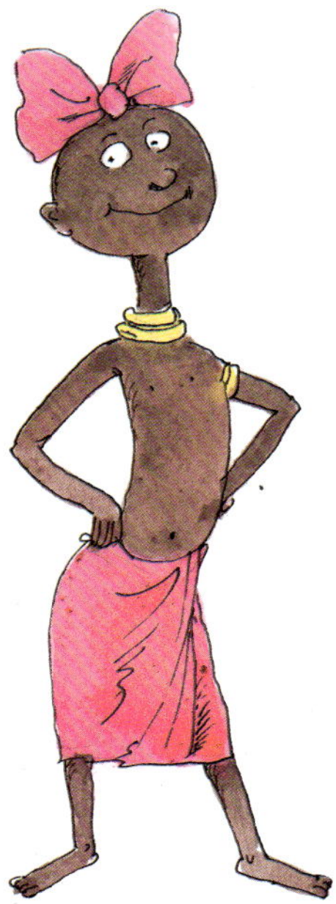

kaléidoscope
lutin poche de l'école des loisirs
11, rue de Sèvres, Paris 6e

M'Toto n'a qu'un désir : aller laver le linge à la rivière, toute seule, comme une grande. Et chaque jour, depuis des semaines et des semaines, M'Toto supplie sa maman de la laisser partir seule à la rivière. Mais chaque jour, depuis des semaines et des semaines, sa maman refuse.
« Tu es trop petite, lui dit-elle, et cela est beaucoup trop dangereux ! »

Enfin, un jour, sa mère consent.
« D'accord, lui dit-elle, tu es une grande fille maintenant, mais tu dois me promettre d'être très prudente. Et surtout, rappelle-toi, ne te baigne pas, car d'effroyables dangers te guettent dans la rivière ! »

M'Toto est très heureuse et très fière. Sur le chemin qui mène à la rivière, elle chante sa joie à tue-tête sur un air de comptine : « Je suis une grande fille ! Je suis une grande fille ! Je vais seule à la rivière, tralalalalère ! » M'Toto lave son linge et frotte, frotte avec ardeur. Le soleil est déjà haut… Quelle chaleur !
« Je me baignerais bien… pense-t-elle. Oh ! rien qu'un peu, juste le bout de mes pieds. Mais non, je ne peux pas, maman serait très fâchée si elle l'apprenait. »

Soudain, un morceau d'étoffe est entraîné par le courant. Pour le rattraper, M'Toto se précipite dans l'eau…

… et perd pied.

« AU SECOURS ! AU SECOURS ! » crie la pauvre fillette avant de couler comme un caillou au fond de la rivière. Un crocodile qui se cachait dans les hautes herbes plonge aussitôt, son énorme gueule aux dents aiguisées grande ouverte.

Puis il ramène M'Toto,
inconsciente, sur la berge.

« Hiiiiiiiiiiiiiiii ! hurle M'Toto en reprenant connaissance.
À MOI ! AU SECOURS ! UN MONSTRE ! »
« Calme-toi, je ne suis pas un monstre, je ne suis qu'un crocodile… »
« UN CROCODILE ! OH ! LA LA LA LA ! Que tu as de grandes dents ! » crie M'Toto qui ne se calme pas du tout.
« Ce n'est pas pour te manger, mon enfant. Tu n'es pas le Petit Chaperon rouge et je ne suis pas le grand méchant loup ! Je suis Kroko le crocodile et je ne mange pas les petites filles. »
« Et les grandes ? » sanglote M'Toto.
« Les grandes filles comme toi, je les sauve quand elles se noient, et si elles ne sont pas contentes, je les rejette à l'eau. Maintenant dis-moi, comment t'appelles-tu ? »

M'Toto tremble encore un peu :
« Je suis M'Toto et ma maman m'a dit
que les crocodiles raffolent des petites filles,
et des grandes aussi…
Et même qu'ils
les mangent toutes crues ! »
« C'est la vérité, dit Kroko,
mais je ne suis pas un crocodile
comme les autres.
Je n'ai jamais supporté la viande.
Elle me donne des boutons
et fait tomber mes écailles.
Je ne me nourris que d'herbe
et de fleurs. Je suis
végétarien. »

« Quand j'étais petit, j'étais la honte
de ma famille et de mes frères crocodiles.
Tous me cherchaient querelle
parce que j'étais différent des autres.
Ma vie avec eux était devenue impossible,
alors un jour, je suis parti tout seul
comme un grand. »
« C'est l'histoire la plus triste
que j'aie jamais entendue, dit M'Toto.
Mais je préfère quand même
que tu manges des fleurs. »

M'Toto et Kroko passent
un merveilleux après-midi ensemble.
Après avoir fini de laver, de sécher
et d'empaqueter le linge, ils dansent
et jouent dans les hautes herbes sur la berge.

« C’est l’heure de rentrer, dit M’Toto. Viens avec moi, Kroko, je veux te présenter au village. Je suis sûre que tout le monde t’aimera. Et mes parents te récompenseront certainement pour m’avoir sauvé la vie. » À l’idée de se faire de nouveaux amis, Kroko accepte avec enthousiasme.

« Tu es à croquer », dit-il.

« Surveille ton langage, Kroko, ou je vais crier ! »

Mais dès que Kroko apparaît sur la place du village, la panique s'empare des habitants.
Tout le monde s'enfuit en hurlant.

« N'ayez pas peur !
leur crie M'Toto.
Il ne vous mangera pas ! »
Mais personne ne l'entend.

Et une flèche est tirée sur Kroko.
Le malheureux, touché au flanc, s'écroule.

« C'était mon ami ! Kroko n'était pas méchant », gémit M'Toto. « Et vous l'avez tué ! »
M'Toto fond en larmes et raconte l'histoire de Kroko le crocodile végétarien qui lui a sauvé la vie.
Ses parents sont consternés :
« Qu'avons-nous fait ?
Oh ! qu'avons-nous donc fait ? »

« Mais regardez, regardez, il respire encore ! Il n'est pas mort !... »
Avec grand soin, Kroko est transporté dans la chambre de M'Toto, où le médecin du village l'examine aussitôt. « Mauvaise blessure ! » diagnostique-t-il. M'Toto est très inquiète et durant trois jours et trois nuits, elle ne quitte pas le chevet de son ami.

Enfin, un jour, Kroko peut se lever. Il est sauvé ! Après une très longue convalescence, tout le village lui fait une grande fête. La maman de M'Toto a préparé en son honneur des beignets de fleurs d'hibiscus.

Depuis ce jour-là, M'Toto, la grande fille, ne va plus jamais à la rivière sans son ami Kroko, le crocodile au cœur tendre, qui ne mange que de l'herbe et des fleurs.